NOTICE BIOGRAPHIQUE

SUR

M. le Chanoine J. Masselis

AUMONIER DES RELIGIEUSES URSULINES

A GRAVELINES

Dilectus Deo et hominibus, cujus memoria in benedictione est.

Chéri de Dieu et des hommes, sa mémoire est en bénédiction.

(Eccl. XLV, 1.)

MONTREUIL-SUR-MER

IMPRIMERIE NOTRE-DAME DES PRÉS

1891

NOTICE BIOGRAPHIQUE

SUR

M. le Chanoine J. Masselis

AUMONIER DES RELIGIEUSES URSULINES

A GRAVELINES

Dilectus Deo et hominibus, cujus memoria in benedictione est.

Chéri de Dieu et des hommes, sa mémoire est en bénédiction.

(Eccl. XLV, 1.)

MONTREUIL-SUR-MER

IMPRIMERIE NOTRE-DAME DES PRÉS

1891

IMPRIMATUR.

Car. LELEUX, Vic. Gen.

Atrebati, 17 Januarii 1891.

DÉCLARATION.

En nous servant, dans cette Notice, des termes *saint* et *sainteté,* nous n'entendons le faire qu'au sens et dans la mesure autorisés par les décrets d'Urbain VIII.

A LA MÉMOIRE

D'UN SAINT PRÊTRE

ET

D'UN EXCELLENT AMI

AVANT-PROPOS

Nous avions été invité à composer cette Notice pour la série nouvelle des Biographies des Prêtres du diocèse de Cambrai : mais on n'avait pas pris garde que la date de la mort de M. Masselis (9 août 1888), dépassait la date-limite (1847-1887), qu'on s'était fixée pour les Biographies à comprendre dans l'ouvrage ; — en sorte que la Notice dut être réservée pour plus tard.

Nous nous décidons à la publier aujourd'hui, séparément, sur le désir exprimé par plusieurs des nombreux amis de M. Masselis, — et aussi comme annonce d'une Biographie plus complète, que la Communauté des Dames Ursulines, de Gravelines, nous a chargé

d'écrire sur son vénérable et très re-
gretté aumônier.

Cette Biographie, à laquelle nous travaillons depuis quelque temps, paraîtra
dans les premiers mois de 1891.

En déférant à la demande des Religieuses Ursulines, nous avons été heureux de pouvoir nous acquitter d'une
dette d'amitié et de reconnaissance à
l'égard de M. Masselis, qui, pendant de
longues années d'intimes rapports, nous
a rendu des services aussi désintéressés
que signalés. Nous nous sommes donc
efforcé de reproduire, le plus fidèlement
possible, le portrait de ce prêtre selon
le cœur de Dieu ; et nous espérons que
pour l'édification des âmes religieuses,
nous aurons réussi à montrer sa sainte
vie, sous son vrai jour, de façon qu'on
puisse dire, en nous lisant : « *Defunctus adhuc loquitur* » (Héb., xi, 4) : par
ses paroles et ses exemples pieusement
recueillis, M. le Chanoine Masselis, bien
que retourné à Dieu, nous apparaît

encore, pour être, comme il le fut pendant sa vie, un modèle de toutes les vertus, un conseiller éclairé et prudent, un guide sûr et expérimenté dans les voies de la perfection chrétienne.

Nous avons été d'ailleurs grandement encouragé par l'accueil bienveillant qu'a daigné faire à cette Notice l'Autorité diocésaine, par l'organe de M. le Chanoine Cailliau, Vicaire-Général. « Votre travail, nous écrivait-il, en date du 14 avril 1890, est sérieux, et fait avec beaucoup de soin. Il sera lu avec beaucoup d'intérêt et d'édification : les anciens du diocèse, qui ont vécu avec M. Masselis, seront heureux de le retrouver tel qu'ils l'ont connu et admiré autrefois ; et ceux qui sont venus après lui, vénèreront en lui un modèle de toutes les vertus sacerdotales. — La tâche, que vous aviez acceptée par dévoûment, était assez délicate, et présentait des difficultés : nous constatons volontiers que vous l'avez remplie avec un véritable succès, et nous vous en félicitons cordialement. »

27 Décembre 1890, en la fète
de l'apôtre S. Jean.

Z. DEBUSSCHERE,

Aumònier de la Maison de Santé (Bailleul), ancien Supérieur de l'Institution Saint-Joseph (Gravelines).

JACQUES-CORNIL-FERDINAND

MASSELIS

CHANOINE HONORAIRE DE CAMBRAI

Aumônier des Dames-Ursulines

A GRAVELINES

Dilectus Deo et hominibus,
cujus memoria in benedictio-
ne est.

(Eccl, XLV, 1.)

NSCRIRE ce nom vénéré en tête de ces pages, c'est rappeler, à tous ceux qui le connaissent, le souvenir d'un saint prêtre. Ce qui distingue, en effet, M. le Chanoine Masselis, ce n'est pas d'avoir été un grand orateur, un éminent publiciste ; de s'être attiré l'attention du monde par des qualités brillantes : non, son mérite et sa gloire consistent, avant tout, dans sa vertu ; et le rayonnement de cette vertu, que son humilité ne pouvait empêcher de se produire, et les œuvres de son zèle ardent, mais calme, modeste et désintéressé, contribuent seuls à placer, sur les lèvres de tous ceux qui furent en rapports avec lui, cet enviable éloge : « *C'était un saint prêtre.* »

Nous avons cherché à faire ressortir ce caractère distinctif de sa physionomie ; et, en écrivant cette courte notice, nous nous sommes proposé un point de vue utile et pratique. Nous avons dû, par suite, n'esquisser qu'à grands traits la vie de M. Masselis, et omettre bien des faits intéressants, bien des détails intimes, que ne comportaient point les bornes étroites du cadre où nous sommes obligé de nous renfermer. Cette explication donnée, nous entrons en matière.

Le 29 février 1812, naissait à Quaëdypre, paroisse du décanat de Bergues, l'enfant de bénédiction que la Providence appelait à devenir « *l'un des plus saints prêtres du diocèse de Cambrai* [1]. »

C'était un samedi. L'enfant faisait son entrée dans le monde sous les auspices de la Vierge immaculée ; et, plus tard, il s'honorait de ce glorieux privilège, et se disait, avec une fierté légitime, « *le serviteur de Marie.* » On lui donna, au baptème, les noms de Jacques-Cornil-Ferdinand.

Il descendait d'une famille vraiment patriarcale. Son aïeul paternel, qui était cultivateur, avait onze fils ; et, les dimanches et jours de fête, les fidèles voyaient, avec admiration, ce vénérable chef de famille, émule du patriarche Jacob, se rendre à l'église, environné d'une magnifique couronne d'enfants, tous robustes et pleins de santé.

Son père, Pierre Masselis, domicilié à Quaëdypre, occupait, comme locataire, une ferme considérable. Homme d'un

[1] Lettre de M. le Chanoine Cailliau, vicaire-général, écrite à la Révérende Mère Saint-Paul, Supérieure des Ursulines de Gravelines, le lendemain de la mort de M. Masselis (10 août 1888).

tempérament calme et placide, il était pénétré d'une foi vive, et d'un profond esprit de religion.

Rosalie Goetgheluck, sa mère, appartenait à une famille honorable, également adonnée aux travaux de la campagne. C'était une femme de haute stature, et forte dans la complète acception de ce mot. A une trempe énergique de caractère, elle joignait, en effet, une vigueur peu commune chez les personnes de son sexe.

Dieu se plut à bénir l'union de ces époux chrétiens, et leur donna onze enfants. Trois moururent en bas âge. Ils élevèrent les autres dans la pratique de la piété « et leur apprirent, dès l'enfance, à craindre Dieu et à s'abstenir de tout mal » (Tob. i, 10).

Au sein de cette atmosphère vivifiante, Jacques Masselis, comme Jésus à Nazareth, « *croissait et se fortifiait* » (Luc i, 80) en qualités et en vertus, tandis que se développaient ses forces corporelles. Il tenait de son père, par la placidité de l'humeur et le sentiment religieux ; et de sa mère, par la stature et l'énergie de la volonté. Quand son âge le permit, ses parents l'envoyèrent à l'école communale de Quaëdypre. C'est à cette époque qu'il se lia, d'une étroite amitié, avec un enfant du voisinage, nommé Jacques Dehaene [1] ; et cette amitié, qui était simple et pure, exerça la plus heureuse influence sur la direction et le bonheur de sa vie. Elle se continua plus tard, et ne se démentit jamais. Elle fut, pour l'un et pour l'autre, un appui et une consolation, dans les difficultés et les épreuves qui ne leur manquèrent point, à tous les deux.

La paroisse de Quaëdypre avait alors pour pasteur un prêtre distingué, M. Jean Serleys, natif de Cassel. Plutôt que de prêter serment à la Constitution civile du clergé, il avait noblement pris le chemin de l'exil. Après quelques années passées en Allemagne, sans attendre la fin de la tourmente révolutionnaire, il était rentré

---

[1] Cet enfant devait s'appeler un jour le Chanoine Dehaene, une des gloires de la catholique Flandre.

en France, pour combattre, au péril de sa vie, le bon combat de la foi.

A mesure que Jacques Masselis avançait en âge et que ses facultés prenaient leur développement, il sentait augmenter son respect pour le digne ministre du Seigneur. Il était frappé de son extérieur grave et austère ; mais surtout il admirait sa ferveur et sa grande dignité à l'autel. Et, se recueillant en son âme d'enfant, il disait : « *Moi aussi, je voudrais devenir prêtre, pour célébrer le Saint Sacrifice de la Messe, comme M. le Curé.* »

Sous la sage direction de son pasteur, il se prépara, avec un soin religieux, à la première Communion. Sa bonne volonté, et son aptitude pour l'intelligence de la doctrine chrétienne, le firent admettre, exceptionnellement, à l'âge de dix ans, et lui méritèrent la première place parmi ses camarades, quoiqu'il fût le plus jeune de tous. Le futur théologien apparaissait, en germe, dans l'enfant du catéchisme.

A l'âge de treize ans, il fut atteint de la fièvre typhoïde ; et c'est à partir de ce moment qu'il eut le mal d'estomac dont il a souffert pendant tout le cours de son existence. Il disait plus tard à ce sujet : « *Si l'on savait ce que j'ai enduré par suite de ce mal, on s'étonnerait que j'aie pu vivre.* » Il ajoutait pieusement : « *La vie m'eût été insupportable, si je n'avais eu la Sainte Communion.* »

Un autre prêtre contribua puissamment par ses conseils, ses exemples, et ses soins généreux, à décider la vocation ecclésiastique du jeune Masselis : ce fut M. l'abbé Charles Dejonghe, l'excellent vicaire de Quaëdypre. Animé d'un zèle infatigable, il se dévoua pour enseigner les éléments du latin, d'abord à Dehaene, puis à Masselis et à Dekeister [1], qui vinrent s'adjoindre à leur camarade. Lorsqu'il fut nommé vicaire à Ghyvelde, d'accord avec M. Serleys, il plaça ses élèves au collège d'Hazebrouck (1826).

Jacques Masselis ne resta que trois an-

[1] Amand Dekeister était fils d'un fermier de Quaëdypre. Il mourut en 1888, curé de Vieux-Berquin, et vice-doyen du canton de Saint-Amand (Bailleul).

nées dans cette Maison, où il se distingua par une conduite exemplaire, et des succès marquants.

Devenu élève du Petit-Séminaire de Cambrai (1829), il exerça, dans ce nouveau milieu, la plus salutaire influence. Un de ses condisciples, qui devait un jour illustrer la chaire de Notre-Dame de Paris [1], a daigné m'écrire à son sujet :

« Je suis heureux de vous dire que M. Masselis m'a laissé, dans les rapports que j'ai eus avec lui, l'impression d'un véritable élu de Dieu, et, pour employer le mot qui résume bien ma pensée, l'impression *d'un saint*. Jeune encore, alors que nous étions ensemble élèves de Rhétorique, il avait déjà quelque chose de grave et de recueilli, qui s'alliait parfaitement en lui avec une douce et aimable gaîté ; et il portait, dans toute sa personne, un rayonnement de piété qui annonçait une âme particulièrement unie à Dieu. »

Au Grand-Séminaire (1831-1836), il fut apprécié par ses maîtres, non seulement

---

[1] Le très révérend P. Félix, S. J.

comme un fort sujet en philosophie, et en théologie, mais surtout comme un homme intérieur. Lorsque le pieux M. Bernard inaugura l'utile exercice de la répétition d'oraison, ce fut M. Masselis, alors simple philosophe, qu'il interrogea d'abord. Sa perspicacité lui avait fait découvrir, dans son élève, un jeune lévite déjà avancé dans les voies spirituelles.

« Quoique pris à l'improviste, rapporte un témoin oculaire[1], M. Masselis rendit compte de sa méditation avec beaucoup d'onction et de solidité, en même temps qu'avec une parfaite modestie. Ce compte-rendu causa un ébahissement général, fit grand bien, et excita l'émulation. »

Dieu, qui avait des desseins particuliers sur le fervent séminariste, voulut le préparer, par de rudes épreuves, à l'ordination sacerdotale. Son âme était souvent dans le trouble et la souffrance. Il avait des peines intérieures, et surtout des tentations contre la foi, qui le désolaient. A

---

[1] M. l'abbé Dann̂oot, curé de la Crèche (Bailleul).

deux reprises, le délabrement de sa santé
le contraignit à quitter le séminaire. La
mort d'une jeune sœur heureusement
douée, et qu'il aimait d'un amour de pré-
dilection, vint porter à son cœur le coup
le plus sensible. Puis la ruine de ses parents, amenée par une suite de mécomptes
et de malheurs, le réduisit à un état voi-
sin de l'indigence, et lui suscita même des
persécutions dans son propre pays, de la
part de gens mal intentionnés [1]. Dieu
semblait destiner M. Masselis au rôle de
victime ; et, sûr de la générosité et de la
force d'âme de son fidèle serviteur, Il ne
lui ménageait pas les tribulations. C'est
à travers toutes ces difficultés que le pieux
lévite parvint au sacerdoce, couronnement
de ses vœux les plus chers, et fruit de
ses persistants efforts (28 mai 1836).

Nommé vicaire à Lynde, il fut bientôt
apprécié, à sa valeur, par la religieuse
population de cette paroisse. Sa piété, sa

---

[1] Plusieurs familles bienfaisantes, et notam-
ment la famille de M. l'abbé Dejonghe, lui vinrent en aide dans sa détresse.

douceur, son maintien grave et modeste, sa prévenante charité envers les pauvres, — vertu qu'il pratiqua excellemment durant toute sa vie, — son infatigable dévouement, étaient un sujet de continuelle édification (1836-38).

Il produisit la même impression à Bailleul (St-Amand). Un de ses condisciples du Grand-Séminaire, le fervent et austère M. Lacaes, futur abbé de la Trappe du Mont-des-Cattes, étant venu s'adjoindre au clergé de l'église St-Vaast, dans la même ville, la voix populaire aima bientôt à répéter : « Il y a maintenant *deux saints*, vicaires à Bailleul : l'un à St-Amand, l'autre à St-Vaast. » Les deux jeunes prêtres justifièrent également ce renom. Ils étaient unis par les liens de l'estime et de l'amitié, et il y avait entre eux une noble émulation de vertu et de zèle.

A Bailleul, comme à Lynde, M. Masselis ne fit que passer. Au mois d'avril 1841, il reçut une lettre de l'évêché, par laquelle Mgr Belmas lui offrait le poste d'aumônier des Ursulines de Gravelines. Malgré les sollicitudes et les représentations de ses amis, qui craignaient, pour sa santé affaiblie, l'influence d'un climat plus rude, et, à cette époque, réputé insalubre, M. Masselis, avec une entière abnégation de lui-même, accepta le poste qui lui était proposé. Il s'y rendit par obéissance, et son obéissance fut visiblement bénie de Dieu. Ses confrères, trop alarmistes, lui avaient à peine donné quelques mois à vivre sous le ciel inclément de Gravelines : il y vécut quarante-huit années.

Une phase nouvelle de sa vie va se dérouler à nos yeux. Nous allons le considérer dans sa mission définitive, où les qualités spéciales, dont la Providence l'avait abondamment doué, prendront leur complet épanouissement. Dieu l'appelait à devenir un type parfait d'aumônier de communauté ; et, dans ce but, lui avait départi un grand esprit intérieur, un jugement calme et sain, une prudence exquise, une douceur à toute épreuve, qui n'excluait ni la force, ni l'énergie ; et, en même temps, une expérience, de bonne heure consommée, dans les voies spirituelles.

Pour mieux comprendre ce que fut M. Masselis pendant un demi-siècle de séjour à Gravelines, ouvrons les annales du Monastère, où se trouvent consignés les éloges nombreux et enthousiastes, mais sincères et mérités, que la piété filiale des religieuses Ursulines s'est fait un devoir de consacrer à leur Père en Dieu. Nous n'en pouvons rapporter que de courtes citations.

« Un des plus signalés bienfaits que le Seigneur ait répandus sur notre Communauté, c'est de lui avoir accordé, pour guide, le digne prêtre qui la dirige avec le dévouement le plus paternel........ »

« .... Jamais choix ne fut plus heureux. Le nouvel aumônier devint bientôt le plus ferme appui de la Maison, le soutien de la régularité et de l'esprit religieux. »

« .... Nous ne pourrons jamais assez remercier le bon Dieu de nous avoir donné ce saint prêtre, auquel nous avons voué l'amour le plus filial, et la reconnaissance la plus profonde. »

« .... Rien n'égale la sollicitude de ce

vénéré Père pour les âmes confiées à sa direction. »

«....... Infatigable à nous dispenser la parole divine, et à nous prodiguer les assistances spirituelles, ses larmes coulent abondantes, quand il nous parle du bonheur de la sainte communion, ou qu'il nous entretient des souffrances de notre divin Sauveur : son silence est alors le plus éloquent des discours..... »

Cette opinion si favorable, ou plutôt cette vénération, alla toujours se développant dans la Maison des Ursulines. Religieuses et Élèves appelaient habituellement M. Masselis :« *Notre saint Aumônier*». Bientôt ce renom de haute vertu déborda l'enceinte du couvent, se répandit parmi les confrères, parvint jusqu'aux Supérieurs, et émut la population même de Gravelines qui, en ce temps-là, passait pour être un peu froide, au point de vue religieux.

Il ne sera pas, croyons-nous, sans utilité pratique, de rechercher les causes et dispositions intérieures qui purent valoir à M. Masselis cette réputation universelle de sainteté.

La première, et la plus efficace, fut, sans aucun doute, l'énergie d'une volonté droite constamment tournée vers le bien. « Que faut-il pour devenir un saint? disait à saint Thomas l'une de ses sœurs. « *Le vouloir,* » répondit le Docteur angélique.

Dès sa jeunesse, M. Masselis avait prononcé cette magnanime parole : « *Je veux être un saint;*» et il la garda gravée dans son cœur, et ne la rétracta jamais. « *Je veux être un saint !* » c'était sa maxime favorite, l'objet unique de ses préoccupations. Il avait toujours présents à l'esprit les solennels avertissements de la Ste-Écriture : « *Il n'y a qu'une chose nécessaire* » (Luc, x, 42) : «*Que sert-il à l'homme de gagner le monde s'il vient à perdre son âme ?* » (Matth. xvi, 26). — Il ne cessait de se dire à lui-même, et de répéter aux autres : « *Soyons des saints ! Ah ! si nous étions des saints ! Travaillons à devenir des saints !* » Toute sa correspondance est imprégnée de cette même idée. Il n'écrivait à personne qu'elle ne se présentât sous sa plume, et n'inspirât quelques mots de piété qui,

venant de lui, étaient une douce et péné-
trante exhortation à la vertu. Et l'on pourrait, à bon droit, appeler l'ensemble de
ses lettres : « *Un recueil de lettres édifian-
tes.* »

Une autre cause qui contribua à la réputation de sainteté de M. Masselis, fut
son esprit de règle. Il avait compris les
avantages immenses que présente un règlement de vie, pour rendre plus facile et
plus fructueux le travail de la sanctification. Dans sa foi vive et son grand sens
religieux, il attachait, à l'accomplissement
de sa règle, une extrême et légitime importance. Il aimait et goûtait suavement
cette parole de S. Grégoire, véritable ora-
cle en fait de spiritualité : « *Celui qui vit
pour la Règle, vit pour Dieu : Qui regulæ
vivit, Deo vivit.* » Et, pour emprunter le
langage de S. Paul, il voyait, dans sa
Règle, « une lettre venant manifestement
du Christ, lettre écrite, non avec de l'en-
cre, mais avec l'esprit du Dieu vivant ;
non sur des tables de pierre, mais sur des
tables de chair, sur son cœur » (II Cor.,
III, 3).

Sa fidélité à son règlement fut inébranlable pendant toute la durée de sa vie, et parut atteindre, maintes fois, le degré de l'héroïsme. Cette fidélité ne se démentit point sous les cruelles étreintes d'une affreuse maladie : elle persévéra dans les bras mêmes de la mort.

« *Soyez fidèle jusqu'à la mort, et je vous donnerai la couronne de vie.* » (Apoc., II, 10.)

Ces paroles que St Jean adresse, au nom du Seigneur, à l'ange de l'Eglise de Smyrne, M. Masselis les accomplit à la lettre ; et, pour avoir fait de ce précepte la règle de sa vie, il aura mérité, tout porte à le croire, la récompense que le Maître tient en réserve pour le bon serviteur.

Entre les divers points de son Règlement, il en est un qu'il eut à cœur d'une façon toute particulière : ses deux heures de méditation quotidienne, l'une, le matin, une autre, le soir. Nous pouvons affirmer, preuves en mains, que, jusqu'au bord de la tombe, il observa, avec une énergie indomptable, cette salutaire pratique. Au milieu des accablantes douleurs de sa dernière maladie, quand ses forces eurent trahi son courage, et ne lui permirent plus de quitter sa couche sans une assistance étrangère, il dut condescendre à ne plus se lever à quatre heures, selon sa constante habitude. Mais, en ces jours mêmes, si pénibles pour la nature, il voulut avoir son heure complète d'oraison, avant de célébrer le Saint Sacrifice. C'est pourquoi il retarda sa messe jusqu'à 7 h. 1/2, aimant mieux rester à jeun plus longtemps que d'abréger son oraison, malgré son état de faiblesse, et le pressant besoin qu'il ressentait, dès le matin, de se réconforter par quelque nourriture.

Ce n'était pas assez pour son zèle et sa piété. Pendant la dernière année de son pèlerinage sur cette terre, comme l'état délabré de son estomac ne lui permettait guère de prendre son repos avant 11 h. du soir, il mettait ce temps à profit en méditant sur la Passion de N.-S., jusqu'au moment du coucher : imitant ainsi, d'une manière très parfaite, l'exemple du divin Maître qui, tombé en agonie dans le jardin des Oliviers, priait plus abondamment : *Factus in agonia prolixius orabat* (Luc, XXII, 44).

D'où venait, et comment s'était entretenue et développée cette estime extraordinaire que professait M. Masselis pour l'oraison mentale ?

Il l'avait puisée d'abord, au Grand-Séminaire, dans l'ouvrage de Rodriguez, la *Pratique de la perfection chrétienne,* livre d'or, qui faisait ses délices, et dont il ne pouvait se rassasier. Promu au sacerdoce, il n'eut garde de négliger l'oraison : il savait que là est le secours et la force du prêtre. Et lorsque, devenu aumônier, il se trouva un peu plus libre dans l'emploi de son temps, il voulut aller étudier sur place, à Brugelette (1841), et à St-Acheul (1845), la méthode de méditation enseignée dans les Exercices de St Ignace, et qu'il ne connaissait, jusque-là, que d'une manière théorique, plutôt que pratique, par les commentaires de Rodriguez.

M. Masselis eut encore un autre maître en fait d'oraison : la séraphique Thérèse de Jésus. Avide de recueillir les inappréciables enseignements de celle que l'admiration des siècles vénère comme un Docteur de l'Église, il se mit à étudier, avec le cœur non moins qu'avec l'intelligence, les œuvres de la grande mystique espagnole, en particulier sa Vie, écrite par elle-même, et le Château de l'âme, où la vierge d'Avila exalte, en termes si magnifiques et si persuasifs, la merveilleuse efficacité de l'oraison.

A St Ignace il avait demandé la méthode ; à Ste Thérèse il dut de mieux comprendre l'importance, ou plutôt l'indispensable nécessité de l'oraison : et l'on peut affirmer, sans crainte d'erreur, que cet exercice fut, pour le pieux aumônier, comme il l'avait été pour St Ignace et Ste Thérèse, un infaillible moyen de sanctification, et tout le secret du bien qu'il a fait ici-bas.

Une dernière cause, qui explique la réputation de sainteté de M. Masselis, se trouve dans son dévoûment absolu aux bonnes œuvres, en général, et, par-dessus tout, comme c'était justice, à la Maison des Ursulines. Afin de mieux rendre la vivacité des sentiments qu'il éprouvait pour cette chère Maison, il avait l'habitude d'emprunter les élans pathétiques du cœur de saint Paul, s'adressant aux fidèles de la primitive Église.

A l'occasion du 25ᵉ anniversaire de son arrivée à Gravelines, il écrivait aux religieuses de sa communauté : « *Je vous aime pour Dieu d'un amour de jalousie. Je vous ai fiancées à cet unique Époux J.-C., pour vous présenter à Lui, comme une vierge pure.* » (II Cor., XI. 2) « *Portez-nous dans votre cœur... Je vous ai déjà dit que vous êtes dans notre cœur, à la vie et à la mort.* » (II Cor., VII, 2. 3).

Il ajoutait : « *Je vous confie toutes, et vous consacre de nouveau au Cœur très aimable de Jésus. Toutes, j'en ai le ferme espoir, je vous y retrouverai au grand jour.* »

« *Oh! si vous saviez combien j'aime la Communauté!* disait-il dans une autre circonstance. *Chaque jour ajoute quelque chose à la charité que j'ai vouée à vos âmes!* »

« *Je donne tout, je me donnerais moi-même pour le salut de vos âmes. Je ne puis rien; je suis indigne de la moindre grâce; mais mon espérance est au Seigneur : Spes mea in Deo est. J'espère que vous serez ma*

*joïe et ma couronne dans cette vallée de
larmes, aussi bien que dans le séjour de la
gloire. »*

Lorsque la maladie le retenait loin de
ses chères filles en Dieu, il leur écrivait :
*« Je ne sais comment reconnaître vos bontés.
Mille et mille bénédictions ! Qu'il me tarde
de vous revoir !*

*« Il me semble que vous êtes de plus en
plus proches de mon cœur, et que mon cœur
s'élargit tous les jours ! Si vous vous aimez
beaucoup les unes les autres ; si toutes, et
chacune de vous travaille, avec générosité,
à son propre avancement, la joie du Sacré
Cœur en sera plus grande, et aussi la mienne.
Que le Dieu de toute consolation soit avec
vous ! »*

Nous le demandons à nos lecteurs, n'est-
il pas vrai que ces paroles, ces protesta-
tions de dévoûment, qui se retrouvent
dans toutes les lettres adressées par
M. Masselis à ses enfants spirituelles, sont
un écho à peine affaibli du langage paternel et enflammé du grand Apôtre, et
de sa touchante sollicitude à l'égard des
fidèles qu'il avait engendrés à la foi ?

Le dévoûment de l'Aumônier des Ursulines ne consistait pas seulement en paroles : il se traduisait en actes ; et, pendant un demi-siècle, il s'est employé, dé-
pensé sans réserve pour sa Communauté,
et pour la cause du bien. Ses œuvres, dont
nous tracerons tout-à-l'heure une esquisse
rapide, lui rendent, à ce point de vue, un
irrécusable témoignage.

Après les développements qui précèdent,
est-il besoin de dire que toutes les vertus,
pratiquées dans un degré éminent, et
toutes les dévotions les plus autorisées,
avaient trouvé accès dans le cœur de ce
bon prêtre, plein de zèle pour la gloire
de Dieu, le salut des âmes, et sa propre
sanctification ?

Faut-il ajouter que, vivant d'une vie
partagée entre la prière et l'étude, il avait
amassé un riche trésor de science ecclésiastique ; qu'il possédait parfaitement
l'Écriture Sainte, et la théologie dogma-
tique et morale ; qu'il avait étudié avec
soin la mystique et l'ascétique, pour les
besoins particuliers de son ministère; qu'il
connaissait à fond l'histoire de l'Église ;

qu'il était tout embaumé du parfum de la
vie des Saints, et nourri de la manne des
œuvres de piété ; qu'il avait appris deux
idiomes étrangers, l'anglais et l'allemand,
afin d'être à même d'entendre les con-
fessions dans ces deux langues ; et qu'il
faisait le meilleur usage de toutes ces
richesses spirituelles et intellectuelles,
pour la prédication, le catéchisme, la direction des âmes et l'assistance des ma-
lades ?

Faut-il dire enfin que cet homme, de si
haute vertu, était, en même temps, un
homme de principes ? Parfaitement or-
thodoxe pour la doctrine, il avait les idées
les plus sûres et les plus fermes en tout
ce qui regarde les questions politiques et
sociales. Son dévoûment à l'Église et au
Souverain Pontife ne connaissait point
de bornes. A l'exemple de Jérémie, le
prophète du Seigneur et l'ami de ses
frères, qui priait beaucoup pour le peuple
d'Israël » (II Mac., xv, 14), le saint aumônier, en vrai patriote, ne cessait d'in-
tercéder pour la France, afin qu'il plût à
Dieu de la rendre foncièrement chré-

tienne, et, par suite, glorieuse et pros-
père. Il répudiait, avec une vertueuse in-
dignation, les funestes doctrines qui ont
cours à notre époque, et font un mal in-
calculable à la religion, à la société, et à
notre catholique pays : nous avons nommé
le naturalisme sous toutes ses formes, —
rationalisme, libéralisme, et théories sub-
versives, audacieusement prônées par la
Révolution et la Franc-Maçonnerie.

Voilà une faible et imparfaite image de
M. Masselis considéré en lui-même. Le
Psalmiste disait, en célébrant les excel-
lences de l'Eglise : « *Omnis gloria ejus
filiæ regis ab intus* (Ps. XLIV, 14) : Toute la
gloire de la fille du roi est à l'intérieur. »
Cet éloge est applicable à l'Aumônier des
Ursulines. Sa gloire était, avant tout, au-
dedans de lui, et consistait dans ces tré-
sors de grâce et de vie surnaturelle qu'il
cachait soigneusement en son âme.

Cependant quelle louange ne pâlirait en
regard de ses œuvres, qui sont l'expres-
sion extérieure de sa sainteté, et la magnifique floraison de toute une vie con-
sacrée au bien : tant de Religieuses qu'il

a élevées à une haute perfection par ses paroles, ses conseils, et, plus encore, ses exemples! tant de pieuses élèves qui, formées à son école, sont allées répandre dans le monde ou dans le cloître, la bonne odeur de Jésus-Christ! tant de conversions d'hérétiques, opérées par la double influence de la doctrine et de la prière! tout ce qu'il a fait pour la Maison des Ursulines, au point de vue des Constitutions, de la Règle, des bonnes œuvres, des études, des entreprises matérielles, de la prospérité! les multiples fondations dont la ville de Gravelines lui est, en majeure partie, redevable: cet Hospice, cette Salle d'Asile, ces Écoles chrétiennes, qu'il a tant contribué à établir; l'Institution Saint-Joseph, dont il a eu la première idée, et pour la fondation de laquelle il a prêté à M. Dehaene un concours si important; ces églises des Forts-Philippe, qu'il a élevées, belles et spacieuses, au prix de tant de fatigues, d'inquiétudes et de déboires [1];

[1] Dans la lettre qu'il m'a fait l'honneur de m'écrire après avoir pris connaissance de cette Notice, M. le Vicaire Général Cailliau disait à

l'expansion de son zèle dans la Flandre,
et dans une notable partie du diocèse, qu'il
a grandement édifié, en y prêchant l'œuvre de ses deux églises, avec un courage
et une abnégation au-dessus de tout éloge;
l'heureuse et féconde influence qu'il a ex-
ercée sur la protestante Angleterre par
ses prières ferventes et continuelles, par
les multiples conversions d'hérétiques qu'il
a opérées, par le grand nombre d'élèves
anglaises qu'il a formées à une solide

ce propos : « La construction de l'église du
Grand-Fort-Philippe mérite une mention spé-
ciale : elle me semble, de la part de M. Masselis,
un acte de zèle, de charité, et de dévoûment
héroïque. Se faire mendiant, au détriment sérieux de sa santé; aller, pendant plusieurs années, dans toute les paroisses un peu impor-
tantes d'une grande partie du diocèse, pour
prêcher cette œuvre ; recueillir, de maison en
maison, les aumônes, pour doter, seul, d'une
église, un hameau délaissé qui ne le concernait
nullement, dans l'unique but de donner aux
habitants du Grand-Fort la facilité de remplir
leurs devoirs religieux, et de les ramener à
Dieu : pourrait-on trouver un plus bel exemple
de dévoûment dans l'histoire de l'Église, ou
la Vie des Saints? »

piété ; et qui, de retour au pays, sont devenues, pour la plupart, dans leur sphère d'action, des apôtres de la religion catholique, à tel point qu'un Passionniste anglais, prêtre distingué, n'hésitait pas à dire que M. Masselis était un insigne bienfaiteur de sa patrie ! Et, pour conclure enfin, ces nombreuses vocations ecclésiastiques et religieuses qu'il a suscitées, encouragées, favorisées, même par les plus généreux sacrifices.

Oui, nous aimons à le répéter, c'est là une magnifique floraison d'œuvres, et qui proclament hautement la vertu, l'admirable dévoûment, l'héroïque persévérance de M. Masselis. Aussi, lorsque Mgr Duquesnay, appréciant le vrai mérite, nomma l'aumônier des Ursulines Chanoine honoraire, il y eut un applaudissement unanime dans tout le diocèse. Lui seul s'étonna. Après avoir pris connaissance de la lettre autographe, et si justement élogieuse, de son Archevêque, il se rendit au parloir du Couvent, fit appeler la Mère supérieure, et lui dit, avec le ton le plus sincère d'un homme qui s'ignore lui-même:

« Je viens d'apprendre une chose inouïe, incroyable : Je suis nommé Chanoine ! » — paroles presque naïves, et qui laissent entrevoir la profondeur de l'humilité de celui qui les prononçait.

Si les limites, qui nous sont tracées pour cette courte Notice, nous permettaient de suivre le bon Chanoine, année par année, dans sa vie intime, nous trouverions qu'elle s'est passée tout entière à l'ombre du sanctuaire, au service de sa Communauté. A part deux voyages en Angleterre et en Irlande, entrepris sur le désir et pour les intérêts des Religieuses Ursulines; un pèlerinage à Rome, en 1867; une visite à quelques Couvents de l'Ordre de Sainte-Angèle, et à quelques Madones célèbres de la France ; enfin ses pénibles démarches pour la construction de ses deux églises : tout le reste de son existence est marqué au coin d'une éloquente monotonie, et s'est écoulé, au sein de la piété et de l'étude, dans l'accomplissement parfait de ses devoirs d'état.

Dieu devait, ce semble, couronner une si belle vie par une mort saintement hé-

roïque : ce fut, en effet, la grâce de choix
qu'il réserva, dans sa miséricorde, à son
humble serviteur, pour faire ressortir encore davantage toutes les richesses de sa
vertu.

Nous avons déjà parlé des douleurs ha-
bituelles d'estomac endurées par M. Masselis. De plus, il souffrit, pendant trente
ans, de la gravelle ; et les tortures, que ce
mal lui causait, étaient si atroces, surtout
dans les derniers temps, qu'au rapport de
la personne qui le soignait, on voyait par-
fois les cheveux du vénéré malade se
dresser sur sa tête. Mais il ne laissait
échapper aucune plainte ; il se contentait
de dire : « *C'est comme le bon Dieu veut.* »
Dès sa jeunesse, il avait éprouvé beaucoup de peines intérieures, et il en fut
ainsi jusqu'à la fin de son existence.

« *J'ai connu*, disait-il, *les angoisses de
sainte Thérèse, et de sainte Jeanne de Chan-
tal.* Je passe des heures à dire : *Seigneur,
ayez pitié de moi.* Après cela, il arrive que
je me sens un peu consolé ; mais souvent
la consolation ne vient qu'à la suite de la
Sainte Messe et de la Communion. »

Il portait toujours, sur son cœur, une profession de foi en latin, qu'il avait composée et écrite lui-même. Elle était renfermée dans un sachet qu'on a trouvé sur sa poitrine, après sa mort. Sans doute qu'à l'exemple de saint Vincent de Paul, il avait fait, avec Dieu, la convention de porter la main à l'endroit où était le précieux dépôt, lorsque, dans les violentes tentations que le démon faisait naître en son âme, il se sentait incapable de formuler un acte de foi.

Il est juste de rappeler maintenant, avec quelque détail, les circonstances de sa dernière maladie, qui acheva de perfectionner sa vertu, et mit le comble à ses mérites.

Elle fut, pour le saint aumônier, comme une sorte de Passion, où, par sa douceur inaltérable, sa parfaite obéissance, sa sublime résignation à la volonté céleste, il reproduisit fidèlement les exemples du divin Crucifié. On peut dire, sans la moindre exagération, que ce fut son héroïsme chrétien qui provoqua, en quelque sorte, le mal horrible dont il fut atteint : mal qui lui donna des traits si frappants de ressemblance avec « cet homme de douleurs que le Prophète avait entrevu tout chargé d'infirmités, et semblable à un lépreux que la main de Dieu a frappé et humilié » (Isaïe, LIII, 3, 4).

Il avait, depuis longtemps, l'habitude de s'offrir, comme victime, en union avec Jésus, pendant le Saint Sacrifice, au moment solennel de la Communion.

Le 1er janvier 1887, commentant, devant les sœurs, l'hymne du *Stabat :* « Cette prière est terrible, disait-il, et la nature frémit en la récitant. Qui pourrait, sans frayeur, adresser ces paroles à la Sainte-Vierge ?

....« O Mère pleine d'amour, faites-moi ressentir la violence de votre douleur, et mêler mes larmes à vos larmes !

......« Donnez-moi part aux tourments que votre Fils a daigné subir pour me racheter.

.......« Que je me tienne près de vous, au pied de la croix, et que je m'associe à toutes vos souffrances.

.......« Faites que, blessé des plaies de

Jésus, je sois enivré de sa croix et de son sang répandu ! »

— « Cependant, disait M. Masselis, quelque effrayante que soit cette prière, je ne laisse pas de la réciter , et j'ose même ajouter : *Frappez fort, Seigneur.* »

Ce n'était pas encore assez pour ce prêtre magnanime.

Au commencement du mois de mars, il s'offrit, en holocauste, pendant la messe. pour le bien d'une âme éprouvée ; et il dit à Dieu qu'il était prêt à souffrir toutes sortes de tourments, et même à donner sa vie, dans l'intérêt de cette âme.

Dieu sembla le prendre au mot ; et. comme il l'avait maintes fois demandé, en terminant le *Stabat,* « le Seigneur frappa fort. » Un cancer se déclara à la bouche du charitable aumônier, et ne tarda pas à lui causer d'indicibles douleurs. Après un mois de souffrances, il se rendit à Lille. dans les dispositions d'un martyr, pour y endurer l'opération la plus épouvantable. *L'Église souffre,* disait-il ; *il faut du sang, il faut des victimes : je m'offre comme victime.* »

Le jour où il devait être opéré (10 mai),
il célébra la messe comme si elle eût été
la dernière de sa vie, et communia en
viatique. Puis il attendit l'heure fatale
avec un calme, une résignation admi-
rables.

De même que le divin Maître s'était
couché sur l'arbre de la Croix, pour subir
sa Passion douloureuse, M. Masselis s'é-
tendit sur un lit qu'on avait préparé,
comme sur l'autel du sacrifice : et l'opération chirurgicale commença. Elle était
faite par deux chirurgiens éminents de la
Faculté catholique de médecine [1]. Il fallut
tailler dans les chairs vives, réséquer l'os
maxillaire inférieur sur une étendue de
cinq à six centimètres, et creuser profon-
dément dans la bouche, pour enlever plusieurs glandes altérées et corrompues.

Le patient avait été endormi par le
chloroforme, mais incomplètement, de
peur que le sang ne l'étouffât. Il avait
donc conscience de ce qui se passait. Au
cours de l'opération, il eut un moment de

[1] MM. les Docteurs Eustache et Duret.

délire, pendant lequel il ne sortit de sa bouche que des textes sacrés. On lui avait enlevé tous les objets pieux qu'il portait sur lui, à l'exception d'un crucifix, qu'il avait demandé à conserver, et qu'il serrait étroitement entre ses mains. C'était, sans doute, tout le secret de son courage et de sa force d'âme.

Après une heure et demie, le travail sanglant fut terminé. Le pauvre patient n'en avait que trop ressenti l'effroyable torture ; et cependant il n'en avait rien laissé paraître. «Jamais, disent les hommes de l'art, qui ont bien voulu nous communiquer quelques-unes de leurs impressions, jamais nous n'avons vu une personne opérée faire preuve de tant de calme et de résignation : M. Masselis a montré un courage, non seulement héroïque, mais effrayant ; on eût dit qu'il n'avait plus de nature. »

« Dans la suite, ajoutent-ils, M. le Chanoine a subi les pansements les plus douloureux, sans proférer la moindre plainte. Nous avons été constamment frappés de la dignité de son attitude, et il nous a tou-

jours témoigné la plus affectueuse reconnaissance. »

Dès le lendemain de l'opération, le digne
aumônier écrivait, en ces termes, à sa
chère Communauté :

« Merci, merci, merci à tous et à toutes !

« On dit autour de moi que tout va bien,
très bien. J'espère que tout est bien, là-
haut surtout, et qu'il me reviendra quelques mérites de mes souffrances. Opération réussie, mais longue et douloureuse. Habileté admirable ! Que n'a pas dû
souffrir le divin Maître, lorsqu'on lui a
percé les pieds et les mains ? Qu'il soit
béni à jamais !

« Courage donc, confiance, et soumission à la volonté de Dieu ! Bénédiction
grande. »

« Cette énergie surhumaine, et cette
inaltérable résignation, ne se démentirent
pas un seul instant, pendant les jours
pénibles de sa convalescence.

« M. Masselis, dit une des sœurs infir-
mières [1], nous édifia constamment par sa

[1] M. Masselis se trouvait à la Maison-Mère
des Filles de l'Enfant Jésus, où les soins les

docilité d'enfant, à l'égard des médecins qui lui avaient prescrit son régime et sa règle de conduite ; par sa reconnaissance envers les personnes qui le soignaient ; et surtout par son entière soumission à la volonté de Dieu. Le Seigneur était son unique pensée, et ses entretiens ne roulaient que sur des sujets pieux. Aussi ne perdrons-nous jamais le souvenir de tant de vertus pratiquées avec une si grande constance, et une si admirable simplicité. »

Dès qu'il fut de retour à Gravelines, le fidèle aumônier alla saluer sa Communauté réunie au parloir. Une de ses premières paroles fut : *« Je suis incapable de célébrer la Sainte Messe! »* Et il ne put se retenir de verser des larmes. Il chercha à se dédommager par une oraison continuelle. A quelque heure qu'on entrât dans sa chambre, on le voyait tenant, de la main droite, un grand crucifix qu'il appuyait sur le bras gauche, et, à défaut de pieux colloques qu'empêchait l'état de sa bouche, il arrê-

plus charitables, et les mieux entendus, lui furent prodigués.

lait sur le bon Maitre de longs et amou-
reux regards.

A peine ses plaies furent-elles cicatri-
sées, qu'il reprit ses occupations ordinai-
res, avec une ardeur qui semblait s'être
attisée dans l'épreuve. Malheureusement,
au mois d'octobre, la tumeur cancéreuse
reparut. Il ne s'y attendait pas; et il eut
un moment d'angoisse terrible. Sa force
fut dans la résignation à la volonté de
Dieu. Écoutons quelques-unes des paroles
qui tombèrent de ses lèvres, au milieu de
ses perplexités. « *Je me figure que le Père
Éternel me présente un calice, comme à
N.-S. et qu'il me dit :* Voulez-vous boire
ce calice ? — *Sans doute, il me paraît bien
amer. Mais N.-S. vient à mon secours : il
met au fond du calice une parcelle de sa
Croix ; et alors il me semble possible de le
boire.* »

Avide de souffrances, il était disposé à
subir une seconde opération. Ce n'était
pas qu'il tînt à la vie : il aurait voulu seulement souffrir plus encore pour la Sainte
Église et les âmes. Les médecins et Mgr
Hasley déconseillèrent une tentative qui

n'offrait aucune chance de réussite. Il s'a-
bandonna à la conduite de la Providence,
et cet abandon s'exhalait de son âme en
termes émouvants : « Si je n'avais devant
les yeux Jésus crucifié, je pourrais dire :
Voyez s'il est une douleur semblable à ma
douleur ! Mais, avec la grâce de Dieu, je
boirai, à longs traits, jusqu'à la lie, le calice que le Seigneur m'a présenté. Je le
boirai volontiers ; car j'ai la confiance
que, quoique très indigne, le bon Dieu,
dans sa miséricorde, ne me rejettera pas.
Je souffrirai en ce monde ; mais ce
monde passe, et la joie du Ciel sera éter-
nelle. »

« Je puis vous certifier, disait-il, en par-
lant de ses souffrances, que tout ceci est
amour tendre, bonté paternelle. Ah ! que
le Seigneur est quelquefois amoureuse-
ment cruel ! Mais plus il m'éprouve, plus
je l'aime. Les douleurs qu'il m'envoie sont
la marque de son amour. Je souffre : donc
je suis aimé de Dieu. »

Il avait véritablement la passion de
la souffrance ; et, pour s'encourager, il
tenait, nuit et jour, un petit crucifix à la

main. Peu de temps avant sa mort, son coadjuteur [1] lui disait : « Vous souffrez beaucoup, M. l'Aumônier ? » Et lui, tournant son regard vers un *Ecce homo* qui se trouvait dans sa chambre : « N'ai-je pas un beau modèle ? » répondit-il.

Après de longues tortures physiques, rendues plus poignantes encore par de grandes épreuves morales, et durant lesquelles il donna l'exemple des plus sublimes vertus, le saint malade rendit son âme, à Dieu le 9 août 1888, vers 1 h. 1/2 du matin. Jusqu'à minuit, il n'avait cessé de murmurer des textes de la Sainte Écriture. Les derniers mots qu'on put surprendre sur ses lèvres défaillantes, furent : « Jésus, Marie, Joseph ! »

Lorsque sa dépouille mortelle eut été exposée, une multitude de personnes vinrent contempler, une dernière fois, ses traits vénérables, et firent toucher à

---

[1] M. l'abbé Jourdain, qui fut, après la mort de M. Masselis, aumônier en titre de la Communauté ; actuellement il est Doyen-Curé de Denain.

son corps un grand nombre d'objets de piété.

Malgré les réserves et les prohibitions que son humilité lui avait fait prescrire, ses funérailles furent un véritable triomphe. Un imposant cortège de prêtres, l'élite de Gravelines et du pays, une notable partie de la population de la ville et des faubourgs, beaucoup d'anciennes élèves, s'y étaient réunies. Après la cérémonie funèbre, l'éloge du vénéré défunt sortait de toutes les bouches, et tous concluaient en disant : « *C'est un saint.* »

Vox populi, vox Dei : la voix du peuple, c'est la voix de Dieu. Qui sait s'il ne plaira pas au Seigneur de faire éclater ici-bas la gloire de l'humble aumônier des Ursulines ? Déjà plusieurs faits, dignes de remarque, se sont produits, où l'on a cru reconnaître son intervention, en faveur de ceux qui l'invoquent avec confiance.

Quoi qu'il en soit, et quels que puissent être les desseins de Dieu sur son fidèle serviteur, une voix merveilleusement éloquente sort de la tombe de M. Masselis,

pour prêcher encore la vertu et la sainteté ; et la mémoire bénie de ce juste ne pé-
rira jamais.

Defunctus adhuc loquitur (Hébr., xi, 4).
In memoria æterna erit justus (Ps. cxi, 7).

A. M. D. G.

DOMINARE NOSTRI TV ET FILIVS

Imprim. de N.-D. des Prés. — Ern. Duquat, directeur,
Neuville-sous-Montreuil (Pas-de-Calais).